Pascal Brissy

Mehdi Doigts

# Le collier de Mona Lisa

Pareil que Mehdi !
P. B.

À Maïa.
M. D.

CASTOR ROMANS


87, quai Panhard-et-Levassor – 75647 Paris Cedex 13
ISBN : 9782080229076

# LES HÉROS DU LIVRE

## Léonard de Vinci

Le Maestro est à la fois peintre, savant et inventeur… Mais avant tout, il est le maître de Bandit ! Une tâche à ne pas prendre à la légère si on veut éviter les bêtises !

## Bandit

C'est un chien, oui, mais un chien de génie ! Bandit a l'œil vif, l'oreille dressée, et le poil parfaitement brossé (ou presque). Fidèle à son maître, il veille à déjouer les complots de l'infâme Machiavel. Wouf !

# Machiavel

Jaloux, méchant,
arrogant…
Machiavel est aussi
très rusé, toujours prêt
à un mauvais coup
pour voler les plans,
croquis et inventions
du Maestro de Vinci.
Attention à rester
sur vos gardes !

Chapitre 1

# Des visites en cascade

Fiou ! C'est dur d'être l'assistant d'un génie !

Je me retourne pour changer de côté… La sieste, y a-t-il mission plus importante ?

J'aime profiter du soleil de notre jolie ville de Florence, en Italie.

Hélas, mon maître Léonard de Vinci, le Maestro, ne l'entend pas de cette oreille. Le voilà sur la terrasse à me gronder, mains sur les hanches :

– Bandit ? Non mais... Veux-tu bien te pousser du passage ! Je n'ai jamais vu un chien dormir autant ! Va donc chasser les souris si tu ne sais pas quoi faire ! poursuit-il. J'en ai vu une dans le cellier pas plus tard que ce matin !

Attraper des souris ? Et puis quoi encore !? Hors de question de m'abaisser à ces basses besognes ! Je ne suis pas un chat, que je sache !

Hélas, mon maître est un génie « touche à tout », à la fois inventeur, architecte, savant et artiste peintre… Il n'est pas étonnant qu'il en attende autant de son chien.

Sa décision est donc sans appel.

– Tu n'auras plus à manger tant que tu n'auras pas attrapé cette souris ! C'est compris ?

Wouf ! Plus de pâtée, ni d'os à ronger ? C'est un scandale ! Je me précipite pour inspecter ma gamelle.

« Pff ! Elle est vide ! »

Soudain, on frappe à la porte. Le Maestro abandonne ses reproches le temps d'ouvrir. C'est dame Mona Lisa, le modèle de son dernier tableau. Mon maître change de ton :

– Soyez la bienvenue, ma chère ! Nous allons pouvoir poursuivre…, dit-il en désignant la toile qui trône au milieu de son atelier.

L'invitée le remercie de son éternel sourire. Drapée dans sa robe, elle rejoint son siège d'un pas élégant. Un collier de pierres précieuses miroite à son cou. Mona Lisa vous captive d'un regard, mais le mien est dirigé vers mon maître. Il m'adresse un geste pour me dire de débarrasser le plancher tandis que son modèle retire son collier et le place sur un pupitre avant de prendre la pose.

Je m'apprête à rejoindre le cellier, quand je constate que le Maestro attend d'autres visites.

Un apothicaire se présente également. Il vend les pigments de couleur utilisés par les peintres.

L'homme à la bedaine rebondie est suivi par un jeune garçon porteur d'un message.

Mais je m'en détourne, je dois attraper ce fichu rongeur si je veux revoir un jour ma gamelle pleine…

C'est à cet instant précis que je l'aperçois ! Elle est là, presque sous ma truffe ! La souris m'observe, perchée à côté d'un piège à clapet fabriqué par mon maître.

« Ma petite, tu ne sais pas à qui tu as affaire ! » je marmonne dans mes moustaches.

Mais la bestiole file entre mes pattes pour traverser l'atelier sous les regards étonnés. Je m'élance ventre à terre à sa poursuite.

J'avoue ne pas faire attention au passage… Bling ! Le bruit d'un guéridon renversé ? Klang ! Ah, ça, c'était le vase posé dessus !

– Stop ! Bandit ! Arrête tout de suite !

Les cris se succèdent. Le dernier qui résonne à mes oreilles est celui de dame Mona Lisa :

– Mon collier ! s'affole-t-elle. Où est mon collier ?

Bandit sème la pagaille dans l'atelier de Léonard en chassant une souris. Il est interrompu par un cri : le collier de dame Mona Lisa a disparu !

Chapitre 2

# Sur une piste !

En effet, le collier de dame Mona Lisa n'est plus sur le pupitre ! Disparu ! Envolé !… Ou volé tout court ?

L'instant suivant, l'apothicaire est invité par le Maestro à vider poches et sacoches.

– Comment osez-vous me soupçonner d'une telle chose ? se vexe l'homme en déballant ses affaires.

Le porteur du message est également mis hors de cause. Il n'a rien sur lui, pas même un florin*.

Tandis que les deux hommes quittent les lieux, mon maître suppose d'une voix confuse :

– Il sera tombé ? Ou peut-être l'avez-vous fait glisser de ce côté ? montre-t-il.

Malheureusement, après inspection, il n'en est rien !

Dame Mona Lisa est dans tous ses états.

*Le florin : pièce de monnaie utilisée à Florence à cette époque.

– Ce collier ne m'appartient pas ! révèle-t-elle au Maestro. On me l'a prêté. J'ai pensé qu'il serait du plus bel effet sur mon portrait et je comptais en parler avec vous…

Mon maître acquiesce d'un signe de tête. Il réfléchit, et je comprends qu'il retrace la succession des événements lorsqu'il pose les yeux sur moi. Je suis l'une des causes de tout ce chambardement… Et me voilà mis à la porte sans autre forme de procès !

Je grogne. Le Maestro est confus. Je compte bien l'aider et décide :

« Wouf ! Je vais retrouver le collier ! »

Je reste persuadé que le coupable se trouve parmi nos visiteurs, il n'y a aucune autre explication possible à sa disparition. Ni une, ni deux, je me lance sur la piste de l'apothicaire. Les pigments qu'il transporte diffusent parfois une odeur âcre liée à leur fabrication. Je grimace, la truffe au sol :

« Beurk ! Comme celle-là, justement ! »

Je zigzague dans les rues de la ville. Il n'y a pas foule, le soleil est haut dans le ciel. Je distingue enfin l'échoppe. L'apothicaire est déjà là. Il est en grande discussion avec son voisin, un marchand d'étoffes, dont il examine la marchandise. Peut-être est-ce un complice ?

Je m'approche en catimini et me glisse ni vu ni connu chez le suspect, tout en tendant l'oreille.

– Le Maestro de Vinci est tombé sur la tête ! rouspète l'homme avant de rapporter ses mésaventures (où je suis une fois encore accusé d'être le fauteur de troubles !).

Je jette un coup d'œil autour de moi et aperçois des dizaines de flacons alignés sur des étagères. La plupart sont fermés par des couvercles en bois.

« Mmm… C'est une bonne cachette pour un collier volé ! » me dis-je en glissant le museau dans le premier ouvert.

Raté ! Le pot est vide, ou presque… À l'intérieur, il y a ce pigment rouge peu agréable pour ma truffe : Atch… WOUF !

J'éternue brusquement et renverse ce flacon ainsi que deux autres par la même occasion. Misère ! Un nuage multicolore remplit la pièce sur-le-champ.

L'apothicaire débarque en hurlant :

– Non mais ! Qu'est-ce que c'est que ce bazar !?

Pas le temps de me confondre en excuses, je préfère profiter du brouillard de pigments pour m'éclipser. Je repars bredouille et avec les poils de toutes les couleurs, ce qui n'est pas sans étonner les passants. Mais une question demeure : où est le collier de dame Mona Lisa ?

Bandit est persuadé que le collier
ne s'est pas volatilisé tout seul.
Il décide d'enquêter, mais la piste
de l'apothicaire le laisse bredouille.

Chapitre 3

# Une curieuse enveloppe

J'abandonne la piste de l'apothicaire, il reste celle du messager. Mais pour le retrouver, c'est un peu chercher un os de poulet dans une botte de foin ! Tous les porteurs de plis se ressemblent.

« Lui peut-être ?... Zut, ce n'est pas mon homme ! Nom d'une puce ! Où a-t-il pu aller ? »

Je baisse les oreilles, abattu. Je dois me rendre à l'évidence, c'est un échec. La lumière du jour commence à faiblir et mon ventre gargouille pour me rappeler l'heure.

« Mon maître me laissera peut-être rentrer ? »

Contre toute attente, la porte est entrouverte. C'est presque mauvais signe.

Dame Mona Lisa est partie mais le Maestro est toujours assis devant sa peinture. Il garde la tête entre ses mains, comme pour éviter le regard de son tableau.

– Quel déshonneur ! soupire-t-il sans prêter attention à mes poils multicolores.

Wouf ! Je comprends son désarroi. Après cette disparition, la rumeur dira qu'il n'est pas prudent d'aller chez Léonard de Vinci. Sans compter que la garde des hallebardiers risque de venir l'arrêter s'il ne découvre pas un moyen de dédommager le propriétaire du collier !

Il faut prier pour que ce dernier soit compréhensif et laisse un peu de temps à mon maître pour trouver une solution.

Ce maigre espoir m'amène à jeter un œil à ma gamelle.

« Pff ! Toujours vide ! »

Je m'en vais regagner le vieux tapis où j'aime passer mes nuits pour faire taire les bruits de mon pauvre estomac.

Tiens !? Qu'est-ce que c'est ? Quelque chose traîne par terre ! Je comprends rapidement qu'il s'agit de la lettre portée par le messager. L'enveloppe est encore fermée par un cachet de cire. J'imagine qu'elle sera tombée dans l'agitation du moment et le Maestro l'aura oubliée. Je vais la lui apporter…

Bien entendu, j'ai beau être un chien de génie, je ne sais pas lire. Pourtant, je frissonne en reconnaissant le dessin du sceau : une épée, des serpents…

« C'est le signe de Machiavel ! »

L'odieux personnage rôde souvent autour de mon maître. Il cherche à piller ses inventions. En particulier, celles d'armes bizarres que je désapprouve… Mais ça, c'est une autre histoire !

Cet énergumène aurait-il quelque chose à voir avec la disparition du collier ? Je vais devoir m'en assurer. Je relève la truffe quand…

Grrr ! Elle ose repasser devant moi comme si de rien n'était ? Cette souris commence vraiment à m'agacer ! Pire ! L'insolente s'arrête devant le cellier et je jurerais qu'elle me fait une grimace avant de prendre la poudre d'escampette.

« Tu ne perds rien pour attendre ! » je marmonne dans mes babines.

Une chance pour elle, j'ai une mission plus urgente.

La lune brille faiblement dans son ciel sans étoiles. Mon ombre danse bientôt sur les murs de la ville. Tout paraît si différent à cette heure. Les étals des marchands sont rentrés et les passants aussi rares que peu engageants.

Gloups ! Je ne suis pas rassuré, mais l'honneur de mon maître est en jeu. Je suis Bandit, chien du Maestro de Vinci, héros de la nuit.

Impossible de retrouver le messager… Par contre, l'enveloppe qu'il a déposée porte le seau de Machiavel. Ce dernier serait-il mêlé à la disparition du collier ?

Chapitre 4

# Héros de la nuit

Je sais où habite le sinistre Machiavel. J'ai eu l'occasion de suivre mon maître plusieurs fois jusqu'à sa demeure. C'est une maison cossue en bordure du centre-ville.

En chemin, je réfléchis à un moyen d'y pénétrer. Alors que j'approche de ma destination, j'aperçois la lumière d'une chandelle allumée par une fenêtre du rez-de-chaussée.

« Il n'y a pas d'heure pour les comploteurs ! » je songe.

Je tends l'oreille. À l'intérieur, ça discute sévère :

– Mais !? Nous avions convenu de dix fois plus !

– Sachez, jeune homme, que les promesses n'engagent que ceux qui les écoutent ! lâche Machiavel avec un profond dédain.

Je me dresse sur mes pattes arrière et tente de voir la scène par la fenêtre.

Machiavel est installé dans un grand fauteuil aux accoudoirs sculptés en forme de serpent. Debout, face à lui…
Je le reconnais ! C'est lui, le messager !

Le garçon reprend d'une voix agacée :

– J'aurais risqué mon honneur pour à peine dix florins ?

– Il me semble, mon garçon, que tu devais me ramener quelque chose en échange de cet argent ? réplique Machiavel en laissant apparaître son visage sinistre à la lueur des bougies. Je ne te donnerai pas un sou de plus tant que je n'aurai pas le collier ! prévient-il.

– Mais je ne comprends pas, s'indigne le garçon, pourquoi me demander de voler un collier qui vous appartient déjà ?

Nom d'un os à moelle ! En effet, c'est à n'y rien comprendre !

Réfléchissons… Machiavel a payé le jeune homme. Il lui a ordonné de voler un collier que lui-même a prêté à dame Mona Lisa. Ainsi, il plonge mon maître dans l'embarras et le Maestro lui devient grandement redevable !

Oh ! Le scélérat ! J'imagine qu'il compte en profiter pour faire saisir les plans de ses dernières inventions.

Reste à savoir où est… Oups ! J'appuie un peu trop ma truffe sur le carreau.

La fenêtre, mal fermée, s'ouvre dans un grincement sinistre. Les deux hommes me dévisagent, stupéfaits :

– Qu'est-ce que !? Je connais ce maudit animal !

– C'est lui ! s'écrie le garçon. C'est à cause de lui que j'ai dû abandonner le collier !

Bandit, ce n'est plus le moment de traîner ici ! Je prends mes pattes à mon cou et file sans m'arrêter. Les voix de mes poursuivants s'éteignent dans mon dos. Je tire la langue et mon souffle est de plus en plus court.

Ouf ! Voilà notre logis !

Vite, je me campe derrière la porte pour le reste de la nuit !

Heureusement, Machiavel n'a pas l'audace de me suivre jusqu'ici. Le fourbe prépare sûrement un autre plan pour parvenir à ses fins. Je grogne en revoyant la scène et repense au garçon mêlé à cette affaire.

À ce propos, une nouvelle question m'obsède : n'a-t-il pas dit qu'il avait été obligé d'abandonner le collier ?

Bandit se rend chez Machiavel, qu'il trouve en grande discussion avec le messager. Le fourbe a donc tout manigancé, mais où est le collier ?

Chapitre 5

# Pris au piège !

Au petit matin, j'ouvre un œil chagrin. Mince ! Je me suis endormi !

– Encore dans le passage, Bandit ? sonne la voix du Maestro. N'as-tu pas autre chose à faire ?

Son reproche est accompagné d'un geste du doigt me rappelant à ma gamelle.

Ouh, là là ! Mon maître est à cran. Je le constate lorsqu'il me met en garde :

– Je te préviens, je sors prendre des nouvelles de dame Mona Lisa, mais à mon retour, je ne veux plus voir de souris dans le cellier !

Et il claque la porte derrière lui.

Je me laisse tomber sur les fesses, dépité. Comment lui expliquer que c'est Machiavel qui a tout manigancé ? Je repousse ma gamelle vide avant de la renverser d'un geste de rage.

Soudain, je sursaute et roule des yeux étonnés :

« Le collier ! »

Le messager l'avait donc caché sous ma gamelle depuis tout ce temps ?

Hélas, je n'ai guère l'occasion de profiter de ma découverte. La poignée de la porte d'entrée vient de bouger… Clic ! Clic ! Clic !

Mes sens sont en alerte ! Cette odeur… Ce n'est pas le Maestro, j'en suis certain !

À tous les coups, Machiavel compte profiter de son absence pour s'inviter chez nous sans permission. Je dois agir au plus vite. Si chasser les souris ne fait pas partie de mes attributions, monter la garde, c'est un devoir !

Mmm… Une minute ! Je dois me montrer plus malin qu'une attaque croque-mollet pour empêcher ce voleur d'opérette d'arriver à ses fins.

Le temps d'un aller-retour dans le cellier et l'odieux personnage termine de forcer la porte. Machiavel entre. Il me fusille du regard avant de me menacer :

– Tu n'as pas intérêt à bouger, sale cabot !

Ça tombe bien, je n'en ai pas l'intention ! L'énergumène ne me quitte pas des yeux. Il glisse la main sous ma gamelle pour s'emparer de son butin, quand… CLAP ! Le piège à souris inventé par mon maître se referme sur ses doigts. AÏE !

Machiavel hurle et entame une danse de Saint-Guy des plus amusantes. Un raffut qui l'oblige à prendre la fuite sous un concert de mes meilleurs aboiements :

« Va donc voir ailleurs si j'y suis ! »

La chance tourne enfin de notre côté ! Tout est donc bien qui finit (merveilleusement) bien ! Surtout que dans cette histoire, personne n'a été oublié. Le Maestro ne tarde pas à bondir de joie en retrouvant le collier au pied du tableau. D'ailleurs, celui-ci est presque terminé et, d'après mes oreilles, Mona Lisa préfère poser sans collier pour éviter une autre déconvenue.

Je pouffe entre deux bouchées. Nous n'avons plus de souris dans le cellier et ma gamelle est pleine d'une délicieuse pâtée. Aux dernières nouvelles, la souris était très contente de sa nouvelle maison…

Finalement, nous avons fait une trêve et trouvé un accord. Je lui ai promis qu'elle serait bien plus à son aise chez un certain Machiavel !

Wouf ! Ça lui apprendra à chercher des ennuis à un chien de génie.

– Bandit ! hurle brusquement mon maître après m'avoir mieux observé. Peux-tu m'expliquer pourquoi tu ressembles à un arc-en-ciel de la tête aux pattes ?

# UN PEU D'HISTOIRE

## *Qui était Mona Lisa ?*

Lisa Gherardini, dite **Mona Lisa**, serait le modèle de ***La Joconde***. Ce **portait** aurait été commandé par son mari, Francesco del Giocondo, à **Léonard de Vinci** vers 1503.
Ce célèbre tableau, peint à **Florence**, est exposé au **musée du Louvre**, à **Paris**, depuis 1797.

# IDÉE DE GÉNIE

## *Fabrique ta peinture avec des légumes !*

**Pour faire du rouge :**

1. Râpe une betterave rouge finement à l'aide d'une râpe de cuisine.
2. Mets la betterave râpée dans un torchon, ajoute une cuillère à soupe d'eau et presse au-dessus d'un pot en verre pour extraire le jus.

**Pour faire du vert :**

1. Écrase une quinzaine de feuilles d'épinards dans un mortier.
2. Ajoute quelques gouttes d'eau en continuant d'écraser jusqu'à obtenir une fine bouillie.
3. Verse la bouillie dans une passoire à petits trous et presse avec une cuillère au-dessus d'un pot en verre pour extraire le jus.

**Tu peux maintenant dessiner le Maestro et Machiavel !**

## Retrouve nos aventures dans les autres histoires de Bandit, chien de génie.

Le monstre du fleuve

Le collier de Mona Lisa

Le tableau mystère

Le toutou de Vitruve

*À paraître en juin 2022*

*Vacances en France*
Au château d'Amboise, Léonard travaille sur un projet secret pour le roi de France. Avec Machiavel et Aristote dans les parages, Bandit est sur ses gardes !

www.flammarion-jeunesse.fr

Dépôt légal : juin 2021
N° d'édition : L.01EJEN001840.A003
Imprimé en Espagne par Unigraf – janvier 2022
Loi n° 49-956 du 16 juillet 1949 sur les publications destinées à la jeunesse